红。想到天边便是虹。

虹成雨，下得骤无穷。

虹雨集

代雨东/著

*

人民出版社

目 录

丹凤吟 · 离济南

春晚飞来辉动，处处生红，千山①风景。临行人早，还有几丝清冷。幽然举首，一天岚气，几梦花魂，疑来香影。总是潸然别去，旧恨悠心，空又添了心病。

寂笑知音走远，赋诗一阵情未定。再看东山映，铁车徐徐远，翻书心宁。胸怀将畅，壮志万千难剩。直上凌云挥锦绣，怒颁三军令。国家唤我，披甲人未静。

2019 年 4 月 28 日

【注释】 ①千山：济南千佛山风景区。

八归 · 石家庄访友

　　芳香季节，花潮翻动，红尽未是春老。松枝挂雾轻寒倩，高铁载人来悄，相对还笑。执酒石门①风晚醉，夜静走、空灯斜照。又顾盼、旧友抬眸，不舍义难了。

　　临别天将夜半，乘风人去，只有车飞呼啸。聚神思考，北疆微冷，不觉京城将到。雨中观夜景，一任风光胜诗妙。开家院、忽闻鸣动，夜色思明，骄阳升起早。

2019 年 4 月 29 日

【注释】　①石门：石家庄市旧称。

玉女摇仙佩 · 无题

　　春风问柳，此是何年，敢笑天边风景。十万花香，苍穹夺翠，遗憾年前冰冷。玉鹤飞无影。细听淮上曲，几翻惊省。为谁歌、伶仃一夜，谁让心头欲上陈病。无非恨悠悠，只见追红，空忙酩酊。

　　如此玉魂不定，竟让人来，走这风流小径。忆那温柔，情归乡里，一去孤身谁定。旧怨何人赠。欲思念、只在村前尝茗。志几在、忧伤太密，怀愁多少，掩羞衣领。毋需静。今生只许扬鞭胜。

2019 年 4 月 30 日

竹　枝

思人最妙一身空。情浓入梦梦如虹。

十六字令

红。想到天边便是虹。虹成雨，下得骤无穷。

2019 年 5 月 1 日

六丑 · 创业

起三更试笔，写大业、无从扶案。苦营半生，常撩心内乱。总让情散。借问馨何在，又来风雨，变千重魂面。焉知昨夜苍山变。变罢经年，朦胧多难。陈年未思残怨。只凭诚是善，英勇之战。

光阴如电。渐花飞似绽。故事千层幔，轻拨幔。伊人一阙陪伴。似嫦娥漫舞，酷寒无限。浑成铁、成钢来短。将换面、百炼还将万变，必修香灿。谁知我、壮士折腕。指敌营、怒发冲云汉，溃军十万。

2019 年 5 月 2 日

夜半乐 · 无题

　　少年为盗泉^①恨，江湖数载，千里风流尽。记得始奔波，几时难顺。一波未起，中途又困。寸行都付艰辛，雨兼雷震。那景象、无人不嗟运。

　　算来四十渺渺，奋斗无边，案头难信。谙大业、堪怜年年前进。举头残步，愁牵四海，未能到达高峰，此情谁认。更时日、挥拳上千仞。

　　静看方向，曲径通幽，卧心禅问。尽是这、天天好音讯。巧思然、将纵剑气无边恨。招旧部、再让风声紧。直摧顽敌成灰烬。

2019 年 5 月 6 日

【注释】　①盗泉：不饮盗泉之水，比喻人有骨气。

莺啼序 · 京城春逝

春将别离那刻，香魂飞消散。满城翠、宫阙风柔，竟舞细柳零乱。荷塘梦、风流一夜，飞来北国迟归雁。见醉莺窃去，只留云雨情断。

又忆松高，青峰无际，看听风如电。这时节、初夏凌晨，千香归流江畔。蝶飞间、前途悄觅，游尽处、迷君情懒。细斟时，万物皆然，喜忧参半。

蓦然向首，江海未归，大地惊雷变。旧业老、万家灯灭，百阙无奈，曲径人愁，憾扶桌案。月明星暗，前途无靠，几生忧处千城怨，应晴时、再织桃花面。凌云壮志，又掀万代风骚，共发国强宏愿。

阁中青渺，几片红绒，叹故乡魂远。夜来怨、心中百箭。乱雾神浑，难聚清愿，新情欲窜。扶摇直上，蓝图如画，慢扶铁骑云中剑，顾眸吟、不等英雄倦。何时共抚金枪，直指连营，笑烹盛宴。

2019 年 5 月 12 日

三台 · 上海旧事

又逢梨花带雨露，湿透夜行人眼。拂晓时、香走万山飞，只绕得、千枝魂乱。风将逝、任叹新春短。看雨歇、犹怜晴晚。动心忆、喜过荷塘，问知否、已听情满。

总闻愁后到上海，浦江岸边神变。细品之、浪卷海声来，见飞燕、低翔如练。舟声远、远影岸边恋。容任去、浑然如电。夕阳坠、无限风流，雾色散、只迷归雁。

至今思来少壮志，更嫌岁飞如箭。忆昔年、踏浪走江湖，任游处、三江红溅。知音少、旧衫穿万遍。舞翠烟、飞柳轻颤。蓦然看、江海同流，指苍山、碧空生绽。

2019 年 5 月 13 日

十六字令 · 雨后观花

红。半夜飞花厚一丛。河边路，枝上欲成空。

闲中好 · 春凉

闲中好，院内著文章。雨后听风远，清晨春色凉。

渔父引 · 春老

明月偷嫌晚春。百花已旧飞魂。风光几变临门。

2019 年 5 月 14 日

哨遍 · 归乡眉动

浪起故乡，三十载余，行走江湖晚。奔万里，处处看天寒。此计谁知事业远。若花环。风来月明凋谢，花将落地难相劝。非是冷情中，空怀大志，多年已忘人面。几多失败总有狼烟。世世代代难忘凄怜。仍惹风骚，一鞭千里，不嫌泪断。

喧。再写文言。千山万水任鏖战。剑指无绝地，只怕天下狂乱。看荡迹名流，后世无憾，曾经一怒冲霄汉。何必赴空谈，人生短暂，换来红心从善。只听雷声更稳皇冠。艰难险阻含笑群山。待明日、战地重返。歼之三万新敌，总把孤云唤。再瞧湖上何人短啸，与我天边宏辨。忽闻梦境有红颜。抚娇躯、轻掀黄幔。

戚氏 · 初夏豪情

　　忘春寒。冷暖知是五更天。一梦无痕，寂然窗外正飞烟。扶栏。望阳关。千山阅尽夕阳闲。听来雨季时候，一怒无处不成湾。万山生翠，千湖激浪，北疆大地香还。正筹划落叶，知怕秋早，还变红颜。

　　孤独度日如年。新业太远，竟若过山川。凭空想、几多愁短。锦绣无言。故人怜。对景欲撼，风声鹤唳，不见人欢。问禅我佛，此等心情，何以能让神安。

世上无难事，观心静坐，浪上轻弹。只待知音早到，对城当唱荡尽千难。道途岂止艰辛，旧情似水，难以登江岸。借问君、何为春宵晚？立雄心、岩峭高攀。纵四海，虎踞龙盘。阅今古、几处可藏奸。巧思从善。千年不变，横绝桑田。

2019 年 5 月 16 日

梧桐影 · 春短

明月凉，花香晚。长醉不知谁问杯，闲人却说春来短。

醉妆词 · 春逝人杳

岸边柳。这边柳。只怕香飞走。
这边柳。岸边柳。想念难开口。

南歌子

回忆风流事，多情夜半空。偷眼看人踪。已然无柳动，叹春红。

2019 年 5 月 17 日

荷叶杯 · 梦

几次唤来春梦。真痛。旧情浓。欲思年后扮龙凤。常恸。恨东风。

柘枝引 · 舞枪

长枪舞得紫烟分。直让倒红尘。莫道残阳怕，风吹地远念飞魂。

2019 年 5 月 18 日

花非花 · 夜行人

　　风吹花，夜吹雾。醉伴来，天明去。途中谁念夜行时，问讯佳期无一处。

摘得新 · 怨月

　　恋故乡。天天换旧装。夜来寻美酒，诱人香。平生谁不怨明月，照东厢。

2019 年 5 月 18 日

上行杯 · 花畅

　　今夜花香欲畅。临绝顶、旧情神爽。喜笑风声如上网。心游直敞。雾茫茫，心气壮。难忘。如巨匠。掀动波浪。

2019 年 5 月 19 日

好事近 · 雁来兮

拄杖入云端，醒后却眠舟上。谁问君来何处，看雾升方向。

夜声无寂归天籁，人在桥头望。千里等来孤雁，待挽君出帐。

2019 年 5 月 19 日

谒金门 · 感恩朋友

花摇摆。换了一天云彩。半夜香魂飞屋外。寻来愁不在。

时去影飞好快。记得去年失败。兄弟相呈多少爱。此情留万代。

2019 年 5 月 20 日

瑶华·忆戴安澜将军

青年情远。寄志风云，适逢江湖患。心朝黄埔，学数载、练就英风三万。浑身铁技，读孙子、书重千卷。运豪情、声贯金陵，誓把倭兵驱窜。

领兵鏖战中华，日寇胆魂飞，不战还乱。长驱缅甸，如闪电、几度横空飞箭。战旗血染，扫鬼魅、英雄惊变。泪横飞、永耀山川，四海为君长奠。

2019 年 5 月 22 日

秋蕊香 · 思伊

　　昨夜又依红袖。窗下旧心伤透。今宵人比黄花瘦。醉后朦胧依旧。

　　夜深我劝三更酒。人将走。回眸一笑堤边柳。又到思人时候。

2019 年 5 月 23 日

忆少年 · 等待

少年无忌，五洲游历，常忧舟上。江河不知远，看天边方向。

万里河山呈美状。丽一样、总是难忘。无心觅知己，待东方明亮。

2019 年 5 月 23 日

忆余杭 · 夏音

风走匆匆，夏雨花开香未了，院中正展几丝红。青翠畅无穷。

细听清夜床前梦。室外空空竹摇动。总嫌人静怕情浓。带恨万千重。

2019 年 5 月 26 日

玉楼春 · 归影

西墙高处灯三盏。照亮东山归影短。天边来客点红妆，欲要夕阳望倦眼。

追风无际轻声唤。一路春光飞似电。莫言心老藏风流，早有秋愁挥欲晚。

2019 年 5 月 27 日

瑞鹧鸪 · 傲王孙

千春归夏雨纷纷。独上高楼沐矮云。十万繁星轻挽我，又凭山色入禅魂。

闲来问罢情多少，亮甲银枪斗恶人。应向江东招旧部，殿堂之上傲王孙。

2019 年 5 月 28 日

蝶恋花 · 巢湖情晚

又看巢湖岚雾上。坐叹风云，竟把人生忘。潋
滟波涛精气爽。无边舟远渔声唱。

何必英雄常跌宕？浪迹江湖，已忘啥模样。但
有豪情肝胆壮。长车一驾催天亮。

2019 年 5 月 29 日

烛影摇红 · 无题

　　院内香风，尽绕池、看雨骤、愁来短。朦胧灯柱对佳人，情落云飞散。

　　闻得书声影倩。觅无穷、花飞一颤。北边墙矮，独自忧伤，空来魂变。

2019 年 5 月 30 日

淡黄柳 · 合肥紫蓬山

紫蓬树巅。未见南飞雁。岸上佳人知白鹳。悄等东边河畔。如此江南雨如幔。

叹千万。牵人惹愁乱。蓦回首、旧情变。柳黄飞、只伴花如烂。紧握风雷，傲然归路，谈笑江湖闪电。

2019 年 5 月 31 日

锦缠道 · 回京路上

铁马奔驰，万里一时无昼。走千山、江湖观透。翠枝挂色花如绣。百野争春，酷似迷人酒。

向天涯看穷，黯然回首。醉无期、群香皆有。问客人、孤独飞归去，桃园深处，寂静搀谁手。

2019 年 6 月 1 日

殢人娇 · 无题

明月风流，窃笑春红太短。花满园、翠声上演。雨逍云走，看嫣香归岸。海棠俏、正依门前湖畔。

书睡枕边，梦中魂怨。轩窗外、江山总变。稳钓四海，任苍天成患。斩惊浪、总能快刀如电。

2019 年 6 月 2 日

一枝春 · 香港

六月香江，浪飞闲、直拍滩头前岸。无边月色，几户横舟游乱。搀君欲醉，凭栏处、懒云难辨。沽酒时、情溅飞扬，只有短亭长恋。

人生十年多舛。走江湖、总是难遮情面。风摇跌宕，看我细谋善战。无须责怪，变还变、几多豪宴。招志士、万马奔腾，射穿万县。

2019 年 6 月 3 日

千秋岁 · 游南京

　　金陵城外。满目花难退。流翠影，莺声碎。唤来杯一盏，却忘掀裙带。难相见，梦中与尔成双对。

　　雨细楼台会。依旧今谁在。千里运，交华盖。又凭无大志，情尽涛如海。空去矣，万山走罢红颜改。

2019 年 6 月 4 日

凄凉犯 · 无题

　　情人旧病。来相问、窗前只剩香影。玉树可在？风流何去？只留酩酊。英雄本性。问君昔年空照镜。似当时、江山恨远，一直待军令。

　　常念东山上，千里追踪，万情难证。举心窃看，意茫茫、毅然禅定。成佛无边，自将旧心敲竹磬。诵经时、阿弥陀佛，绕石径。

2019 年 6 月 5 日

声声慢 · 香港访友

香江带笑。雨打高楼，残阳正自窈照。望罢行人归路，再闻蝉早。风吹浪猛涌动，欲争鸣、巨水长啸。大海上，叹辉煌、总现昔时奇妙。

故地依稀新貌。仍在是、花前月明人俏。又看风柔，梦里直呼酒到。花绒掠过耳动，万家迷、寂情相告。这旧事，一定会、情绕我倒。

2019 年 6 月 6 日

还京乐 · 还京忆事

　　驾车返，途疾、新情一路抬望眼。故人凭栏外，忆谁时候，青残红浅。不再依书案。总听旧影归来晚。却任我，嗟罢平生，残阳嘘短。

　　又闻情幻。过东楼窗下，心浮意动，生怕风景突变。寻完忽忆前年，找秋愁、却无君伴。叹飞烟、再看顶峰香，花红乱窜。问罢君心散，直忧群翠生乱。

2019 年 6 月 7 日

眉妩 · 无题

看柔情春散，欲解风骚，愁纵马身上。大业无休止，恢弘也，归来高唱悲壮。寂寥一样。听晚歌、谁点方向。为君泪，总算眠人醒，懒掀旧波浪。

青帐。偷窥工匠。学霸三尺剑，今夜无怅。舞动红云里，昏无日，忧心还怕天亮。疼埋几丈。直让人、愁绪还涨。世间少知音，能忍处、未舒畅。

2019 年 6 月 8 日

尉迟杯 · 太原

柳还嫩。正飘逸、高岭花飞尽。初来拜谒煤城，一夜夏声吹紧。如今城阙，已非是、昔日污染镇。应皆然、少女风姿，美得牵人思忖。

焉止总忆乡愁，无人夜、偏偏酒少难振。又是知音归何处，须醉后、魂登千仞。谁知我、雄心未老，跨劲骥、何人敢挑衅。荡忧愁、再指河山，不让光阴轻混。

2019 年 6 月 9 日

解连环 · 傲江湖

独舟无伴。离家行万里，阴云难散。孰不知、一路归兮，过险水暗礁，鬼神难辨。观罢风云，又前进、奋书寻善。笑等来日好，只任烟波，浴我磨难。

如今滞留港畔。思江河夜雨，让人魂断。细看那、山远春秋，四海少知音，最怕情变。百炼千锤，对疾苦、快刀如电。解连环、任君坎坷，再经百战。

2019 年 6 月 10 日

瑶台月 · 太原

风和日丽，千山秀，龙城今日含俏。风流洒脱，已非昔日相貌。古并州、日月吹红，太原阙、春光带笑。汾河水，三分妙。晋祠旧，大唐啸。皇家老事，多如黄草。

夜来早、挚友忽到。更有红颜笑来报。才过三杯酒，醉谁难料。问知己、今昔何年？逍遥也、依天笑傲。平明醒，人相告。驱高铁，又碰巧。才知晋史，长谈听教。

2019 年 6 月 14 日

杏花天 · 去南宁国航飞机上

一飞千里空中俏。展英姿、香风带到。认真服务人多笑。菜味香甜称妙。

望窗外、夕阳残照。驭风云、铁鹰呼啸。知音欲醉鸿来报。多少挂怀相告。

2019 年 6 月 15 日

新荷叶 · 生日

生日今宵，刮来紫气东风。大地云高，却无细雨缠空。荷塘月色，一天星、闪耀苍穹。何年母难，几番感叹英雄。

龙虎相逢，人人气势如虹。淡酒三杯，畅谈各自雄风。今生不老，祝朋友、活虎生龙。江山永固，华邦昌盛无穷。

2019 年 6 月 18 日

竹枝·夏声

花开小院万枝红。香来一夜借东风。

2019年6月20日

渔父引

山色池边柳浓。远方几处花丛。心中悄挂红绒。

2019年6月21日

十六字令 · 人生

烟。万水千山绕未完。风归去，天外觅神仙。

闲中好 · 夏闲

闲中好，山色尽开颜。百媚花香远，魂牵三万年。

2019 年 6 月 22 日

梧桐影 · 念人

听月明，人无影。长夜未闻莲步声，依窗叹尽心还冷。

2019 年 6 月 23 日

醉妆词·酒

喜人酒。爱人酒。醉后魂常走。

害人酒。助人酒。醉看残阳柳。

2019 年 6 月 24 日

南歌子 · 夏红

　　昨夜妆明月，城中一片红。红也不相同。妙其多翠远，阔无穷。

2019 年 6 月 25 日

荷叶杯 · 莲空

　　浪水戏莲成梦。痴懂。去时红。此红怀远不能宠。心动。探香风。

2019 年 6 月 26 日

摘得新 · 荷

满目香。荷花正上妆。水中鱼打俏，闹池塘。谁知莲骨何时老，待秋黄。

2019 年 6 月 27 日

忆江南 · 荷

　　风姿妙，仲夏映荷红。不染淤泥浮水俏，一池花影欲香浓。人在采莲中。

2019 年 6 月 28 日

南乡子 · 玩柳一梦

　　已忘春红。仲夏香声雨打空。玩柳归来情未懂。成梦。人醒东窗竹影动。

2019 年 6 月 29 日

春晓曲 · 夏声

　　天边雨罩千山润。野外飞香一阵。细听仲夏欲荷红，几度惜人花落尽。

2019 年 6 月 30 日

捣练子 · 听红

　　小院静，柳枝风。吹得池塘一夜空。唯有花香飞不动，任凭天际染朱红。

2019 年 7 月 1 日

桂殿秋 · 莲心

秋未到，叶难黄。杨柳树下荷正忙。当求水上花香晚，又怕莲忧藕不长。

2019 年 7 月 2 日

章台柳 · 归人影

窗前景。窗前景。已忘荷塘冷不冷。细雨绵绵待月明，只待门外归人影。

2019 年 7 月 3 日

渔歌子·蔷薇

夜半临池看柳飞。无聊寻酒醉人归。扶门叹，百花肥。无边春色数蔷薇。

2019 年 7 月 4 日

潇湘神 · 风流

　　谁说愁。谁说愁。蹙眉已是去年秋。若问驾车君往处，三千明月待风流。

2019 年 7 月 5 日

十样花 · 别周庄

　　阵阵风云飞尽。大雨突来如刃。一夜花多少，跑满地，绕千仞。早晨辞小镇。

2019 年 7 月 6 日

采莲子 · 东莞

　　半梦眠来是异乡。急忙梳洗著文章。今年百变
辉煌日，长夜风流一屋香。

2019 年 7 月 7 日

甘州曲 · 魂定

走风尘。魂已定，紧腰身。江湖深处抖精神。
喜有俏罗裙。舞绝顶、红也不争春。

2019 年 7 月 8 日

法驾导引 · 江湖

　　江湖路，江湖路，一路驾祥云。千里未归游子笑，梦乡深处故人新。能不正思君。

2019 年 7 月 9 日

秋风清 · 伤秋灯

佳人情。三月惊。不愿说云散，依然孤月明。
红花初绽相思夜，枕香梦断伤秋灯。

2019 年 7 月 10 日

醉吟商小品 · 早晨别蚌埠

早起望淮河，万里碧空云散。旧情难缱。

却把红绒唤。一点真心频演。光阴恨短。

2019 年 7 月 11 日

一叶落 · 无题

欲酒尽。飞千仞。

夏风月下战三阵。

宇高任我行，情低燃灰烬。

燃灰烬。往事无需问。

2019 年 7 月 12 日

忆王孙 · 夜归

　　雨停云歇欲黄昏。多少花香夜打门。青鸟低鸣不忍闻。也销魂。情绕三更归故人。

2019 年 7 月 13 日

蕃女怨 · 花泪

半生如戏归一梦。责任沉重。叹前程，皆疼痛。此情谁送。夜来无事踱花丛。寂相同。

2019 年 7 月 14 日

调笑令 · 难情纵

新梦。新梦。总是带来伤痛。犹如天上碧宫。寂寞难熬此风。风送。风送。徒有豪情放纵。

2019 年 7 月 15 日

遏方怨 · 听香

　　闻秀色，扮新妆。一点风流，任凭香飞花溅黄。绕城三里看潇湘。但听人去远，雨茫茫。

2019 年 7 月 16 日

西溪子 · 东楼一梦

　　昨夜三更谁伴。挨到平明香换。待愁来，疑是梦。疑是梦。空有豪情任送。叹花红。一身风。

2019 年 7 月 17 日

如梦令 · 魂游

昨夜翻书凭案。多少相思难劝。记得别离时，
尚有心声千万。难断。难断。转眼百年恩怨。

2019 年 7 月 18 日

诉衷情 · 万重情

抬眼。魂遣。心正软。望惊鸿，新梦断。千万。叹花红。不让雨前浓。咚咚。此情如万重。恨相同。

2019 年 7 月 19 日

天仙子 · 折扇吟

昨夜风来清梦散。枕上伊人情也乱。孤红已到谢魂飞，鸾声断。斯人变。空有东窗摇纸扇。

2019 年 7 月 20 日

风流子 · 人变

　　曾问荷塘月浅。夜静此情谁换。还让我，忘风流，抛弃河山一半。心乱。心怨。只为去年人变。

2019 年 7 月 21 日

归自谣 · 桃花面

情欲断。万马军中怜好汉。犹听枕上佳人唤。
常留痴情无谁伴。心又乱。只缘又梦桃花面。

2019 年 7 月 22 日

饮马歌 · 无题

边城情未了。欲找谁人俏。早听千峰照。夜深风声老。鸟低鸣，人念愁，总忆残阳道。总难料。

2019 年 7 月 24 日

思帝乡 · 志者

    城上烟。欲飞山海关。笑我仍怀年少，志如巅。十万豪情未老，照红颜。总在花香夜，绕无眠。

2019 年 7 月 25 日

江城子 · 梦醒

　　夜来风雨推东窗。送花香。惹情郎。杜鹃声里，一去两茫茫。醒罢独怜人醉后，藏清梦，再梳妆。

2019 年 7 月 26 日

定西番 · 醒遥

　　清早醒来情动。抬望眼，去如风。逝如空。似这旧心难懂。懒听归野鸿。忆罢万千陈梦。叹苍穹。

2019 年 7 月 27 日

望江怨 · 听歌

　　东风紧。几度花开不能忍。谁从天上问。问君何故香飞尽。

　　一场吻。不见恨归来，但听歌一阵。

2019 年 7 月 28 日

风光好 · 黄浦江

雨茫茫。浦江长。岸上红花已见黄。剩余香。

波涛多少春秋梦。才情动。千叹楼台欲断肠。
忆河杨。

2019 年 7 月 29 日

长相思 · 杭州

西湖香，一湖香。香到钱塘伴夜黄。任君着绿装。

路茫茫，雾茫茫。雾起三更江雨凉。抚栏思故乡。

2019 年 7 月 30 日

何满子 · 无题

  日出江花如火，岸前斜照豪门。算尽前程多少，锦途长变残云。一去风流路上，不知何处归魂。

2019 年 7 月 31 日

相见欢 · 归人谣

晚来暮色销魂。忘归人。总有前庭明月照红裙。

忆情送。别时梦。那时分。幽看香车一去绝风尘。

2019 年 8 月 1 日

庆春宫 · 祝贺中华人民共和国成立 70 周年

　　北国欢腾，南邦雀跃，九州尽是蓝天。碧水生花，野田飞锦，天下处处联欢。人民愉悦，只看那、红旗永悬。普天同庆，万国来邦，笑傲千川。

　　前途几处飞烟。坎坷三番，华夏无眠。强敌如狼，乱加指点，妄想引入深渊。顶层悬智，举手处、挥刀舞鞭。么么之丑，看我风骚，七十周年。

2019 年 8 月 2 日

望梅花 · 无题

长夜茫茫风短。大地巍巍秋晚。已是梅花思泪眼。几又春光情断。相问疾风何日变。愁对苍天飞雁。

2019 年 8 月 3 日

上行杯 · 蚌埠行

　　晨到淮河岸上。抬望眼、几翻波浪。忆罢人生肝胆壮。豪情万丈。任洪流，重荡漾。难忘。谋去向。挥手歌唱。

2019 年 8 月 4 日

长命女 · 许愿

魂已乱。总是思谁情不断。唯有低声叹。

夜来无眠难劝，多少熏风洗面。只要君来能得
见。再许三年愿。

2019 年 8 月 5 日

感恩多 · 无题

额边红粉亮。难得窥郎壮。异乡多少忙。怕添妆。

为望妻儿入梦，欲还乡。欲还乡。可是途遥，只能心别伤。

2019 年 8 月 6 日

生查子 · 七夕节怀旧

与君相思时，长夜熬天亮。明月已知情，躲在西边怅。

去年临行前，人在街头望。一步几低吟，泪湿红衫上。

2019 年 8 月 7 日

抛球乐 · 立秋

酒后三更知早寒。朦胧猜是又飞烟。今年秋至花安好，不像去年地上眠。多少闲情事，都在心中云雾间。

2019 年 8 月 8 日

昭君怨 · 望浦江

又做浦江秋梦。任想去年人痛。忽看雨飞虹。自花丛。

此夜思谁情动。举酒千杯放纵。为是叹英雄。望飞鸿。

2019 年 8 月 9 日

酒泉子 · 离上海

万籁争红。大地风停无梦。人早行，晨雨送。夜成空。

问谁来去春情动。黯然思轻重。无聊时，心常痛。为君浓。

2019 年 8 月 10 日

女冠子 · 觅知己

百花漫放。小院初秋人爽。看池塘。旧水荷声跳，新芽欲见黄。

天昏寻酒醉，入夜懒梳妆。窃语无知己，坐如僵。

2019 年 8 月 11 日

中兴乐 · 思念昔友

仗义三千声若鸿。帮人乐在其中。促成梦。情动。气如虹。

思君树下心难懂。歌难颂。念怀何用。无空。记忆还浓。

2019 年 8 月 12 日

玉蝴蝶 · 初秋忆事

秋风吹了轩窗。带来一丝香。急又着新装。抬阶楼上望。

红花飞欲去，百草怕先黄。荷叶爱池塘。问经几面凉。

2019 年 8 月 13 日

纱窗恨 · 著文章

秋来昨夜风吹响。入轩窗。旧情直让新情惘。故人妆。

月明里、似花争艳，黄昏后、十面飞香。默向红颜，著文章。

2019 年 8 月 14 日

点绛唇 · 燕十六俱乐部青海行

万里无云，群英为国来如电。旧情未变。心系人千万。

天际飞鸿，莫道谁行远。同相伴。为了慈善。再苦心无怨。

2019 年 8 月 15 日

春光好 · 嫩秋

秋叶嫩，百花鸣。雨轻轻。谁在亭中伴灯萦。几多情。

池水无声无浪，池塘亦浊亦清。一任风骚飞燕地，冷相迎。

2019 年 8 月 16 日

醉花间 · 无题

呼声短。恨声短。声短人行远。秋水问荷塘，何日撑红伞。

几夜话相知，才知情已晚。花旧欲争红，一尾惊池浅。

2019 年 8 月 17 日

归国遥 · 香港暴乱

惊叹。一撮无知心不善。搅得香港惶乱。国人忧若患。

美帝贼情狂烂。黑心加误判。中华警告如箭。必将肢斩断。

2019 年 8 月 17 日

沙塞子 · 秋

　　万里飘秋凉缓，花谢慢，满河湾。不见风来轻袭，嫉红颜。

　　翠柳未贪垂意，扬舞处，找云烟。找得天涯魂断，绕无眠。

2019 年 8 月 18 日

恋情深 · 无题

昨夜风吹床上梦。故情长动。园边堤顶看花红。却来风。

思谁帘下总成空。叹在不言中。借问旧心何去，恋情浓。

2019 年 8 月 19 日

浣溪沙·秋

小院依然花正香。去年今日衣装黄。故人醉后侍天凉。

长夜临池嗟不尽，人生多变恨茫茫。可怜无处有潇湘。

2019 年 8 月 20 日

醉垂鞭 · 秋

　　最怕谢秋红。池边梦。春情动。一任落花丛。惊了荷上鸿。

　　凭栏心放纵。无人懂。不相同。唯有恨无穷。忆来还是空。

2019 年 8 月 21 日

伤春怨 · 西湖秋祭

一夜思人酒。醉得荷塘香走。岸上看西湖，雾色私缠弯柳。

野花拈衣袖。水响人行后。约罢月明来，叹只叹、情依旧。

2019 年 8 月 22 日

清商怨 · 西湖秋少

无边秋少花照远。见君成泪眼。多少情留，让人嫌梦短。

夜来山色未晚。独听笛、绕西湖浅。去日无踪，百香红欲断。

2019 年 8 月 23 日

霜天晓角 · 西湖秋思

西湖梦断。似见南飞雁。算尽风流往事，抬望眼、几声叹。

情变。仍好汉。不问佳人面。又卷珠帘看远，愁几处、独思宴。

2019 年 8 月 24 日

卜算子·秋

落叶别梧桐，月下摇飞影。不见佳人独自来，窗外风吹静。

酩酊醉斜阳，怜我山前冷。正自红帘寂寞时，懒看池塘景。

2019 年 8 月 25 日

后庭花 · 深圳秋忆

初来深圳秋风有。独听杨柳。翩翩谁香香如酒。只缘莲藕。

夜深人醉挥长袖。雨来淋透。多年未变情依旧。为君常瘦。

2019 年 8 月 26 日

采桑子 · 珠海忆秋

午来珠海风光好，山外环香。疑似家乡。偷看茫茫碧上妆。

低歌神醉斯人去，情绕池塘。恨绕池塘。却道天边好个凉。

2019 年 8 月 27 日

好女儿 · 香港别

夜静抚阑干。前路尽飞烟。送罢佳人寻酒，醉后更犹怜。

君别欲无眠。觅谁处、难做神仙。天边云少，思潮涌动，此憾低悬。

2019 年 8 月 29 日

好事近 · 忆梅

又要看秋黄，枝老叶追依旧。满地落花归杳，总将红梅漏。

寒来还是云低后，腊月才知秀。千遍难描傲色，冷香飞宇宙。

2019 年 8 月 30 日

谒金门 · 秋

观花瘦。秋水漂来落秀。不是芳香香欲漏。只缘风雨骤。

醉卧将谁猜透。人走黄昏依旧。终日无聊频举酒。羞藏帘影后。

2019 年 8 月 31 日

散余霞 · 秋

　　无边秋色何时了。看百花正闹。还有枝翠多怜，欲飞红夕照。

　　谁知叶归更俏。忆玉声开窍。红瘦不念人来，为幽情暗笑。

2019 年 9 月 1 日

忆秦娥 · 秋

秋来了。花飞四处千家好。千家好。年年岁岁，幽香来早。

野塘无意诉君老。季来万变真奇妙。真奇妙。一宵人醉，夜夜情到。

2019 年 9 月 2 日

忆少年 · 秋

　　有情叹尽，有香散尽，有秋黄了。南山未归远，只缘来相告。

　　已觉无声飞翠老。枝将黄、尚余残照。风流去年事，又在今年笑。

2019 年 9 月 3 日

西地锦 · 深圳

南国熏风渐老。百花藏悄悄。无颜翠色，年年岁岁，常常来到。

莫说书生年少。总在花间笑。无心也罢，无情也罢，人生奇妙。

2019 年 9 月 4 日

巫山一段云 · 秋

秋走三更夜，香飞九月天。北疆无处不飞烟。凉来山外山。

今昔几多心结。莫告相思情绝。别离又是恨无眠。旧愁欲连环。

2019 年 9 月 5 日

更漏子 · 无题

　　欲成双，情却断。常在梦中轻唤。醒来恨，故人怜。此心灯下寒。

　　香在乱。花在烂。已忘何时脸变。影归远，叹红颜。难言昨夜眠。

2019 年 9 月 6 日

相思引 · 无题

无奈秋来传紫烟。夕阳依旧照缠绵。故人走罢，花影绕池边。

总有豪情高万丈，却无知己闯三关。仰天长啸，我自破楼兰。

2019 年 9 月 7 日

清平乐 · 秋

枝上香半。不见伊人面。总是雁飞才生叹。离别临风南岸。

今秋又要无眠。野水船上弄弦。望尽远来知己，江湖独觅红颜。

2019 年 9 月 8 日

乌夜啼 · 秋思

　　起舞风吹晚，池边未见秋寒。与君伴梦风流事，思罢道云烟。

　　夜半谁来听笛，心中独有孤泉。平生未忆南山老，常醉一更天。

2019 年 9 月 9 日

甘草子 · 秋

情冷。乱草扶风，不是秋前景。雨过月难明，未见鸿飞影。

池上走过无人径。让我痛、旧心干净。常念悠悠少年命。命里如玄镜。

2019 年 9 月 10 日

阮郎归 · 秋烟颂

半天风雨割云烟。云飞终欲还。故人长夜忆楼兰。神游天外天。

英雄梦，惹无眠。宝刀手上悬。来年江岸驭飞仙。箭描山海关。

2019 年 9 月 11 日

画堂春 · 秋梦

叶黄昨夜别栏杆。一身细雨无眠。院深池下觅秋蝉。暗自缠绵。

人醒东楼台上，抬头几处轻寒。醉时又是为红颜。今夕何年。

2019 年 9 月 12 日

人月圆 · 中秋

　　万家灯灭归明月，户户照花香。切来月饼，欢声满院，笑绕东墙。

　　高堂煮酒，拙荆烹饪，厨演双簧。民强国富，千邦同醉，快乐无疆。

2019 年 9 月 13 日

喜迁莺 · 秋雷记

风雷动，扫云烟。欲醉五更天。不知今夕是何年。明月照千川。

雁南飞，情欲乱。一夜恨声不断。若非秋笛绕门前，又在酒家眠。

2019 年 9 月 14 日

三字令 · 中秋

黄欲走，夜飞仙。动云烟。花去晚，变红颜。满城香，无菊味，叹桑田。

人去远，去难还。是何年。秋尚早，酒家眠。忆风流，成往事，故人闲。

2019 年 9 月 15 日

双鹨鸼 · 中秋赴深圳飞机上

　　细雨如诗如幔。远处秋风遮眼。金色盛装难辨，中秋千里黄浅。

　　万仞高空无岸。云横九天风乱。一梦谁来情软。斯人才去无伴。

2019 年 9 月 16 日

庆金枝 · 中秋

西风九月天。少凉意、少云烟。唯留金色照天际，细雨惜红颜。

一朝冷找寒风后，万物叹、欲成眠。花飞叶落去还怜。几度梦婵娟。

2019 年 9 月 17 日

武陵春 · 秋志

秋水无声流向远，风紧绕花茵。常在他乡为异宾。卿本惜佳人。

伟业从来归大志，悄寄武陵春。自有豪情满一身。千载铸英魂。

2019 年 9 月 18 日

秋蕊香 · 秋

昨夜梦君魂断。醒罢忽然花晚。失红叶落飞千万。惹得西楼人怨。

台前幕后豪情乱。回头看。天空飞尽南归雁。独在长街轻叹。

2019 年 9 月 19 日

桃源忆故人 · 秋深情少

露来花谢香飞短。此刻已然秋晚。岸上伊人泪眼。只为春情满。

依稀舟上撑红伞。更待谁家酒暖。不是故人无伴。多少新情懒。

2019 年 9 月 20 日

海棠春 · 秋香逝远

秋红花谢何时了。飞昨夜、枝头渐小。空见逝香魂，独自嗟烦恼。

岸边银雀低声闹。为秋到、今晨夏老。已忘去年声，又念残阳照。

2019 年 9 月 21 日

眼儿媚 · 佳人望归途

佳人昨夜抚阑干。香泪伴无言。去时细雨，待归何日，将失红颜。

至今黄到中秋月，举首叹云烟。无心煮酒，问花将谢，独自还怜。

2019 年 9 月 22 日

喜团圆 · 郴州行

郴州一梦，秋装满岸，处处垂杨。山清水秀江山静，早秋不深黄。

幽幽玄洞，湖光千里，景色如妆。几峰欲倩，花红万仞，碧水潇湘。

2019 年 9 月 23 日

朝中措 · 秋

今宵又是夜归人。几次醉清晨。举目池塘垂柳，舟来风动红裙。

花香依旧，独飞残叶，直挂风尘。谁说故人独醉，酒香总约乡邻。

2019 年 9 月 24 日

憾庭秋 · 郴州五盖山

早来游看峰景。笑此情难静。又将心语，茫然悄寄，寄邻山顶。

天涯望断，情飞如舞，几亲花影。看朝霞披雨，天边挂雾，直融千岭。

2019 年 9 月 25 日

太常引 · 蚌埠行

一轮明月照还乡。秋意正添妆。抬酒写文章。独觅处、飞花带香。

淮河恨远，柳堤挂絮，仍再忆秋黄。不应恋彷徨。蓦回首、人依北窗。

2019 年 9 月 26 日

月宫春 · 秋恋

去人秋去两茫茫，如今正换装。不知何日已还乡，又临东阁房。

明月西来私挂起，思谁秋色已知凉。天上浮云欲动，雨来迟送香。

2019 年 9 月 27 日

一落索 · 长沙

总将春入江南影。北疆无风景。此时又是别长沙，已数载、仍清冷。

一点酒红人醒。独来游花径。未听顶上有风歌，情戚戚、心无境。

2019 年 9 月 28 日

忆余杭 · 别蚌埠

私看秋黄，已是红残飞岸上，算来十载别他乡。已忘侍梳妆。

醉人时卧窗台想。又看分明在低唱。幽幽梦罢酒还香。可叹少垂杨。

2019 年 9 月 29 日

极相思 · 秋紧

　　书生几段柔肠。只为惹秋黄。香残欲断，花魂欲绝，尽染新妆。

　　昨夜故人寻酒影，痴迷处、醉靠东墙。窗前无梦，秋声切远，失意茫茫。

2019 年 9 月 30 日

杏花天 · 庆祝祖国 70 华诞

今宵祖国扬华诞。尽处看、彩虹不断。天南地北旌旗灿。多少高歌如练。

长城外、气冲霄汉。肇复兴、英雄千万。中华儿女多豪愿。直到春风吹遍。

2019 年 10 月 1 日

醉花阴 · 秋啸

秋雨夜来初冷早。一岭残花好。香远走无痕，去水茫茫，留有空枝俏。

算来去后佳人笑。唯有情难了。半世为辉煌，大地飞歌，驱虎争长啸。

2019 年 10 月 2 日

河渎神 · 葬花

　　昨夜派秋凉。门前吹红海棠。野山不尽看潇湘。花谢香残无疆。

　　记得去年秋水响。清晨枝下花葬。独叹月光如浪。与谁同醉天亮。

2019 年 10 月 3 日

贺圣朝 · 秋灯残影

江山不老佳人舞。叹庭前听雨。经年未见又谁来，总在闻风雾。

年年花谢，香留几许。忆红残难聚。书生笑把酒成歌，任让秋风去。

2019 年 10 月 4 日

醉乡春 · 秋别

　　大地见秋难忍。才把百花残尽。夜尽舞，走香魂，思等次年传讯。

　　此刻应惭红粉。走罢秋风一阵。叹人去，逝无期，怕君一别无音信。

2019 年 10 月 5 日

少年游 · 杭州晚秋

　　西湖秋翠惹飞烟。峰上正归仙。碧浪生花，夕阳斜照，香影绕孤山。

　　夜来小店人长醉，笑傲九重天。扶舟思谁，故人已杳，留下几丝怜。

2019 年 10 月 6 日

归田乐 · 西湖秋照

西湖昨夜风吹老。新梦这边秋好。峰上翠如云，神醉依依故人早。

红花绿叶香声俏。茶影悄然来到。奋进比风流，豪志不堪无情笑。

2019 年 10 月 7 日

西江月 · 秋狂

今夜月圆高挂，故人堤上轻寒。一身愁绪解连环。唯有书生情短。

长剑舞飞天下，纵缰一路追烟。志成问尔是何年？难怪雄心常乱。

2019 年 10 月 8 日

应天长 · 秋弃

　　北国千里花将瘦。更任寂寥堤上柳。香飞舞，红依旧。城外菊黄新叶秀。

　　正凭栏，衣湿透。长夜雨来风骤。欲醉无情人后，三更忆红袖。

2019 年 10 月 9 日

留春令 · 秋

　　枕边秋水，纵情遥想，千番生妙。花照残阳谢成歌，又难懂、还难料。

　　不应红楼佳人笑。已千愁秋老。凉夜无情酒将凉，醉归夜、香风俏。

2019 年 10 月 10 日

惜分飞 · 秋魂红遍

　　昨夜又来无人径。还是去年风景。仔细听红杏。问君月下谁清冷。

　　细雨残阳风声静。花谢枝头如病。总在前山顶。小寒亭①内思人影。

2019 年 10 月 11 日

【注释】　①小寒亭：作者家中山边的亭子。

梁州令 · 赴蚌埠

故土情难了。夜半如风飞到。销魂一路唱离歌，无心已在争奇妙。

开窗举目田间笑。不看残阳照。秋风此刻相告。天边冷意将呼啸。

2019 年 10 月 12 日

滴滴金 · 秋

凉来昨夜花枝乱。看残柳、影飞散。群香纷纷去寻春，只把秋风怨。

远山已成闲话晚。梦多愁、恨多变。离人谁能定归期，只有情难断。

2019 年 10 月 13 日

满宫花 · 秋色无痕

雨潇潇，人走后。小院又思红袖。秋风刮尽百花飞，还梦庭前垂柳。

朱颜痴，香欲瘦。怜影夜来依旧。醉魂总是叹枝残，只恨霜低风骤。

2019 年 10 月 14 日

凤来朝 · 晨赴香港

月小佳人面。挂枝头、柳梢正演。冷流来更快、残云断。断不尽、眼难见。

一夜风流乍暖。去人愁、几愁雨晚。驾铁鹤、飞无伴。到香港、赴宏宴。

2019 年 10 月 15 日

雨中花 · 秋桐长影

京阙夜来秋满。枝上花飞香短。望罢残阳惊细雨，无酒今宵远。

人在江湖常梦断。仰天看、志挥难变。剑去处、尽封江海路，血溅三千苑。

2019 年 10 月 16 日

思越人 · 秋病

病中人，思远客，却来几处飞烟。苦药伴君愁几度，男儿七尺谁怜？

今秋只怪寒风悍。让人冷热难辨。正好去年遗古典。庭前小院摇扇。

2019 年 10 月 17 日

探春令 · 秋深无歌

低帘寒送，夜来思雨，池塘荷好。总贪记忆残阳照。大业早、雄心老。

冷风一夜红难俏。寂梅丛中笑。舞绝时、待到明年，君戏岸上花枝妙。

2019 年 10 月 18 日

越江吟 · 秋怨

无边秋色寒风漫。叹叹。这番凉意谁见。池塘乱。香荷欲灿。红装变。

人依楼、孤影临岸。去年短。只怜窗外飞燕。三千怨。心头乱窜。归如箭。

2019 年 10 月 19 日

燕归梁 · 秋孝

　　凉意归来野苇香。谁在动笙簧。残花香谢满池塘。琴声断、为秋黄。

　　临风高岗，天涯望尽，大志两茫茫。不知何日夜还乡。忙小院、孝爹娘。

2019 年 10 月 20 日

入塞 · 秋香梦残

笑残章。故人痴、夜半凉。问君秋已去，大地换金装。天也香。地也香。

月来朦胧照野桑。醉尚孤、难怪异乡。无心晨起懒梳妆。枝又黄。梦又黄。

2019 年 10 月 21 日

迎春乐 · 香江秋别

江湖闯荡情难变。回首看、故人面。任千愁、寄语南飞雁。带泪去、心常颤。

秋尚早、一天璀璨。百花散、枝头如绽。一别香江魂走，此恨留千万。

2019 年 10 月 22 日

青门引 · 秋思

又看秋天景。高处几丝清冷。无心夜读怕书香，书中多变，又有故人影。

朦胧醉罢情难醒。一夜相思病。念君问我多少？却听野外三更静。

2019 年 10 月 23 日

品令 · 别秋

故人影。何时去、留下伤心寒冷。醉狂问、君走回归日？柳不知、荷难醒。

记得别离时刻，细雨绵绵如病。握相思、相见难相别，任叶飞、飘红径。

2019 年 10 月 24 日

菊花新 · 秋

　　一季新装山欲瘦。北国风光妆已就。金色满楼台，黄尽染、菊香依旧。

　　残花昨夜沾衣袖。人未来、秋风如酒。总是几分凉，凉让我、又叹枯柳。

2019 年 10 月 25 日

望江东 · 秋

秋色遗情菊先秀。挺不够、红花旧。初来昨夜怕人诟。独开后、家家茂。

千城万市秋风瘦。叹不尽、挥长袖。又将三月议红豆。解罗扣、香闻透。

2019 年 10 月 26 日

醉花阴 · 秋风无声瘦

　　谁在窗前图病酒。明月松间走。人醉在何时？又是残秋，新怨知杨柳。

　　余香一去花红后。情尽挥长袖。记忆释红莲，追恨连环，只比风声瘦。

2019 年 10 月 27 日

杏花天 · 秋志

　　已来燕子秋风妙。早霜飞、残枝乱草。山前坡上红花老。冷意已攻拂晓。

　　英雄路、望归多少。往年事、旧心难笑。如今又要人行早。任我引吭长啸。

2019 年 10 月 28 日

金错刀 · 秋剑吟

　　秋欲紧，百花穷。云烟北国尽朦胧。缤纷山色残枝俏，松盖河山十万峰。

　　香走远，艳无踪。佳人惆怅叹余红。岂知长剑归乡去，饮马高歌啸长风。

2019 年 10 月 29 日

恋绣衾 · 南京秋

　　细雨江南香已空。叶纷飞、江水泛红。大地黄、天边雪，雁声长、云扯暮虹。

　　书生执笔描秋景，一番愁、难记梦踪。这南国、风吹老，冷冰冰、霜打路穷。

2019 年 10 月 30 日

浪淘沙 · 金秋怀乡

　　野外正秋香。北国茫茫。故乡是否一身黄。大地依然来紫气，河岸垂杨。

　　明月照荷塘。留下残装。今年无法补新妆。唯有来春盟大志，重沐阳光。

2019 年 10 月 31 日

端正好 · 秋风静

依稀梦见窗前影。故人冷、夜来孤径。与谁醉后人难醒。应归好、迷风景。

今秋叹罢心情冷。总难懂、恨来如病。一生奔走神难定。艳将绝、秋将静。

2019 年 11 月 1 日

木兰花 · 重庆怀旧

　　独在异乡思玉影。总让佳人魂不定。难止境，恨罗衫，野火欲烧明月冷。

　　一别故园身未变。总把旧情空自恋。千般求得万般愁，不让此心归似箭。

2019 年 11 月 2 日

芳草渡 · 秋火流

　　残香落，只为秋。云初冷，绕心头。红花余恨一时收。情正去，人正醉，爱成愁。

　　无心怨。谁走远。此刻新情已断。风吹晚，上西楼。歌声散。笙一片。月如钩。

2019 年 11 月 3 日

夜行船 · 秋心疼

　　遥想昔年歌纵。夕阳血、染城谁懂。几多山水照飞烟,看秋残、柳飞难送。

　　常忆人生多少梦。三千载、暴风雷动。如今还剩几豪情,避风声、却怜心重。

2019 年 11 月 4 日

河传 · 秋空

秋梦。难懂。谢无穷。枯叶纷纷落红。又听窗外雁叫中。相同。染黄三万峰。

醉后归来人影动。来相送。只为真情重。看飞虹。过柳丛。冷浓。香飞天地空。

2019 年 11 月 5 日

鹧鸪天 · 悔秋

大地风流血染红。残枝飞叶落从容。天黄细雨朦胧过，问醉扶帘一夜空。

论大业，算成功。举眉兴叹看飞鸿。人生谁不三千错，几万愁心渐欲浓。

2019 年 11 月 6 日

玉楼春 · 秋流

百花一谢归如灭。秋动红墙风欲烈。高山细雨滴残阳，一夜海棠真似血。

登车悄看晨飞叶。情寄雁声难叫绝。伊人醉后纵风流，直让罗裙初碰雪。

2019 年 11 月 7 日

步蟾宫 · 秋断

深秋一梦真情断。正遗憾、叶归千万。残风横叶叹歧途，恨已灭、几回心乱。

南飞鸿雁追如电。坐小院、为谁思变。与君长醉醉无边，已往矣、故人难见。

2019 年 11 月 8 日

茶瓶儿 · 秋水无情

月明残云犹未了。金秋好、风吹垂鸟。窗外怜枯草。疾风如雨，花未丛中笑。

天上飞云来报告。无新雪、寒才狂傲。谁引秋风哨。乱红归老。只任千枝闹。

2019 年 11 月 9 日

卓牌子 · 秋忆乡愁

金风吹人早。残雨响、朦胧夜笑。枕上月色留香，外窗风动朱帘，疾霜相告。

佳人情未了。叹不尽、寒荷叶俏。已是冷意多怜，尚飞花影，原来故乡云淼。

2019 年 11 月 10 日

鹊桥仙 · 秋烂飞花

　　藕红荷败，花残四野，楼外叶黄难唤。孤枝无计可消愁，飞昨夜、醒来如幔。

　　看秋煮酒，伤心魂去，恨这别时河畔。莫言一醉忘多情，心头事、临行还乱。

2019 年 11 月 11 日

沁园春 · 秋

秋惹千山，万里涂辉，大地飞凉。看月明星少，寒潮如啸，百花归谢，北国生黄。岸柳幽幽，小河止水，多变江山赋国殇。残香梦，正放飞如雁，一去无疆。

疾书绝世文章。漫举笔、东方来紫光。有红霞轻缀，彩虹似剪，雷声叠起，金色如彰。回首经年，凌云飞渡，欲报中华血一腔。舒眸处，但听豪情事，重挂新装。

2019 年 11 月 14 日

瑞鹧鸪 · 秋终

霜来花落万枝空。玉柳轻垂梦向东。几处残香留晚恨，任听东阙漫西风。

歌飞一夜佳人泪，故事依然臆想中。忆罢乡风人醉早，笛清笙短曲声终。

2019 年 11 月 15 日

虞美人 · 菊

　　夜深人醉休长啸。门外花枝俏。年年此月任君娇。北国疾风细雨冷如刀。

　　金秋大地残阳照。谁把冬来报。旧情难耐朔风高。竟让菊香千变更多妖。

2019 年 11 月 16 日

一斛珠 · 冬谣

　　院深藏柳。百花骤谢多年久。冬归一季肥红
藕。折断莲香，魂绕池塘走。

　　长夜归兮谁醉酒。凌云大志春秋后。旧情常载
桃花瘦。独数残枝，未把君猜透。

2019 年 11 月 19 日

夜游宫 · 斗酒后

昨夜风流斗酒。三更醉、五更才走。院里佳人得闻后。怨不够，正伤心，情已旧。

十月风霜透。海棠乱、任侬红柳。唯在街头舞长袖。叹明月，恨无眠，长发秀。

2019 年 11 月 20 日

家山好 · 别重庆

对江歌罢纵无疆。游天地，看枝黄。谁将一别离重庆，惹愁肠。拭挥泪，叹沧桑。

欲行回首人何在，处处话凄凉。风声更紧，谁家问我菊先香。情来点玉妆。

2019 年 11 月 21 日

小重山 · 试战装

　　昨夜梳妆试战装。镜前观壮士、一身黄。生来天下著文章。多年苦，纵马任飞霜。

　　大业正无疆。再乘三万志、斗沧桑。如今千里尽潇湘。鞭扬处，无处不挥缰。

2019 年 11 月 22 日

临江仙 · 号令三军

老菊香飞庭院，人醒犹醉花魂。生来就是夜归人。总因图大业，万里荡征尘。

今日又扶垂柳，翻书坐看风云。整装一哂令三军。前途如鬼域，划地尽逢春。

2019 年 11 月 25 日

踏莎行 · 上海梦醒

　　江水滔滔，初寒难忍。浦江十里寻红粉。天高云淡觅香装，绿枝月下长轻吻。

　　缓解罗衣，独凭思忖。前途大业三千仞。已将此恨化春风，约谁十月捎鸿信。

2019 年 11 月 27 日

冉冉云 · 游惠州怀念东坡先生

十月西湖岭南变。东坡楼、北风吹乱。听雨影、又失佳人相伴①。几月去、烟云水畔。

写有文章著千万。临行嗟、泪流如幔。游海角、留下风霜宏愿。千古难留人面。

2019 年 12 月 1 日

【注释】 ①又失佳人相伴：指苏东坡的夫人王朝云在惠州去世。

一剪梅 · 醉深圳

南国香飞遍地烟。城内风流，山外飞仙。此番魂动梦思乡，情似秋蝉，人正难眠。

月带寒流星若泉。才醉邻家，又醉无言。朦胧谁让卧街头，暗笑知谁，独自缠绵。

2019 年 12 月 2 日

七娘子 · 北京初雪

　　京城飞雪人归晚。海棠红、只让风吹懒。回首蔷薇，才知梦短。今年又是情难变。

　　院中一洗池塘乱。看荷红、已是香魂散。白雪皑皑，残枝欲断。忆谁遥想佳人面。

2019 年 12 月 3 日

钗头凤 · 盼梅

枝头乱。佳人面。问君何日红梅绽。残香告。前年傲。春来常谢，几听残照。笑。笑。笑。

迎风赞。寒千万。几年人去情难怨。风长啸。香才妙。旧痕留瘦，一番难料。报。报。报。

2019 年 12 月 5 日

唐多令 · 誓不休

一夜定风流。半生不任愁。志重来、又别西楼。征战有谁归故里，龙泉剑、卫金瓯。

心痛在枝头。寒风怒未休。望五州、披挂重游。战罢归来人不醉，饮骏马、写春秋。

2019 年 12 月 6 日

望远行 · 冬

北国无言夜入冬。遥看万枝空。雪痕留短乱无穷。明月照残红。

痴恨早，欲风流。冷风千里人愁。问梅何日绽幽幽？谁让旧情爱难休。不应为香晚，夜夜叹春秋。

2019 年 12 月 13 日

锦帐春 · 蚌埠行

　　知己传鸿，铁车如箭。夜半到、故人拍案。举龙杯，挥玉盏，饮知音千遍。醉眠庭院。

　　忽别珠城，欲行难变。蓦回首、故人灿烂。怕寒风，吹大地，恐落枝一半。旧魂幽怨。

2019 年 12 月 17 日

蝶恋花·雪

天失骄阳飞雪乱。大地纷纷，不见烟云散。漫步群山游一遍。抬头多少南飞雁。

冰冻北疆千里变。只念红梅，犹胜佳人面。又带寒香羞满院。招来晚酒风云宴。

2019 年 12 月 19 日

玉堂春 · 雪

帝城将晚。云上正飞鸿雁。瑞雪纷归，渺渺如烟。一地新装，又把江山变，惹得银河欲羡迁。

小院荷塘寒满，鱼儿池底欢。挂冷残枝，燕叫声声赞，喜让隆冬绕瑞年。

2019 年 12 月 22 日

系裙腰 · 无题

　　青风一夜梦如烟。思往事、笑心寒。问谁情短问谁叹。总是无眠。无豪气、自难欢。

　　长剑欲飞追四海，还威武、绕神前。男儿创业谁无过，只应扬鞭。横绝天下、战经年。

2019 年 12 月 23 日

苏幕遮 · 又忆查儿^①

忆伊人，余满恨。旧梦滔滔，欲让君逃遁。丢下此情天上问。问讯多愁，谁解其中困。

雨纷纷，人郁闷。袖有兰香，不见来鸿信。明月难知忧几仞。独醉京城，且看风声紧。

2019 年 12 月 29 日

【注释】 ①查儿：作者的好友，维吾尔族。

明月逐人来 · 雪

寒来枝断。天边飞雁。浑飞雪、难寻人面。万峰生俏，千里云如幔。北国冰封一半。

孤静无声，只任满天走遍。归无处、残塘欲伴。冷梅几点，红把风声变。已望群山雾散。

2020 年 1 月 6 日

定风波 · 雪残

坡上残枝挂已空。野塘柳下玩梅红。陈雪团团
归旧梦。难动。风吹草乱见飞鸿。

闲叹桥边情未懂。心痛。独嗟四野问长虹。仗
剑无声千里纵。神颂。挥鞭一夜演英雄。

2020 年 1 月 12 日

破阵子 · 深圳代雨东诗词朗诵音乐会有感

相约群英深圳，请来亲友高朋。颂读诗书千万遍，多少豪情台上争。高歌更有声。

冬季温存如昨，一堂知己相迎。共举金杯成礼赞，民族昌盛势不停。红缨飘满城。

2020 年 1 月 13 日

渔家傲 · 哈尔滨忆事

冰冻大江风欲恼。雪飞千里何时了。创业无边人正杳。常言道。豪情不变非年少。

数载练兵难自傲。经年旧志谁知晓。仗剑何妨容一笑。听我啸。风吹大地红梅俏。

2020 年 1 月 14 日

侍香金童 · 返乡

　　细霜无影，一去还难悔。喜又归乡高铁内。千万麦田窗外退。冬梦无边，大地春味。

　　忆想离别日，前途皆敬畏。暗思忖、江湖多少泪。十万乡情凭一醉。回首如今，笑傲朋辈。

2020 年 1 月 19 日

淡黄柳 · 黄山行

　　梅花正灿。红把黄山变。一早登高云海远。万碧波涛如绽。松气飞云两相幻。

　　有人倩。风姿变千万。惹君醉、夜长宴。酒无心、只把真情乱。欲上高楼，仰天长啸，将驭风雷似电。

2020 年 1 月 22 日

喝火令 · 返黄山

　　昨夜风吹晚，飘来一屋香。腊梅花动几枝忙。才到旧年时节，带笑已还乡。

　　又见黄山好，山川尽染妆。蓦然江上雾茫茫。巨浪撑舟，记忆正沧桑。再指顶峰无奈，独守看风凉。

2020 年 1 月 23 日

行香子 · 黄山观菊

　　白菊生银，金菊生黄。这黄山、千里芳香。白云巧渡，寒绕新乡。看月中水，风中我，路中霜。

　　再闻香过，原来是酒，醉故人、味道彷徨。草青四野，寒柳神伤。见路边牛，墙边树，镇边塘。

2020 年 1 月 24 日

庆春泽 · 春节

　　又是春风来到。家家过新年，家家欢笑。看夜夜飞烟，满街鞭炮。震动长城，碧天玉灯照。

　　灯红酒绿人闹。鸡鸭又鱼鹅，菜香红俏。抬酒戏梅花，醉谁难料。举国同欢，月明扮人妙。

2020 年 1 月 25 日

垂丝钓 · 无题

　　黄山清冷。天天细雨无境。欲饮祁门①，又品清茗。行小径。犹自为云咏。情非净。问君谁取胜。

　　江湖难静，相传举国生病。有邀大圣②。金棒飘无影。疫闹高山岭。来势猛。看我悬铁鼎。

　　　　　　　　　　　　　　　　　　2020 年 1 月 26 日

【注释】　①祁门：祁门红茶。
　　　　　②大圣：指孙悟空孙大圣。

解佩令 · 记 2020 新型冠状病毒肺炎有感

疫情来到，江湖恨远。病魔飞、恶鬼神变。万里魂惊，梦中哭、千城如涣。这江山、顿消人面。

中央决策，全民防范，派精兵、空降武汉。全国人民，斗顽敌、来之能战。灭瘟神、扫平如电。

2020 年 1 月 27 日

谢池春 · 游黄山思
2020 新型冠状病毒肺炎有感

一夜春风，未把轻寒吹断。看黄山、云来雪绽。枝枝霜挂，待雾消云散。喜红梅、满山开遍。

书生梦幻，欲与天公情变。指魔魂、穷加病患。惹悲中华，逼我重开战。剑飞时、斩妖无限。

2020 年 1 月 28 日

锦缠道 · 黄山

万里晴空，景色愈加妖娆。看浮云、朝阳环照。黄山千里群峰妙。毓秀无边，更比红花俏。

向山头望时，劲松争老。寂无声、百禽谈笑。雪有情、顶上挂枝满，于无声处，但忆佳人貌。

2020 年 1 月 29 日

酷相思 · 无题

　　昨夜霜飞香欲到。孰难计、风来悄。任花绕、枝肥三月笑。念可好、春来报。念可好、情来报。

　　一下枝头空晚照。夕阳乏、风知俏。读书尽、魂飞难预料。谁去了、情才妙。谁到了、情才妙。

2020 年 1 月 31 日

青玉案 · 无题

夜来一梦寻红袄。觅不见、情无了。唯有忆君评昔妙。相思多少，千天难笑。此恨风吹老。

问君何故情难料。身在园中独家俏。莫忘昔人人不好。借愁常醉，天边月小。只怨林中鸟。

2020 年 2 月 1 日

两同心 · 无题

　　一夜春风，忆来如渺。君已杳、曾是经年，多少恨、已经忘了。只有情，随我千山，难弃难告。

　　此情未能预料。看谁无宛。弃乡去、万里归途，只剩下、夕阳残照。现如今，高处无歌，胸藏呼啸。

2020 年 2 月 2 日

感皇恩 · 战新冠肺炎

顽疾袭神州，华邦忽乱。无奈悠悠起新患。祸临数省，欲把山河涂遍。风声埋武汉，天将变。

号角吹来，高层决断。华夏风流胜鸿雁。尽商举措，控制一般层面。必将春色后，妖魔窜。

2020 年 2 月 3 日

看花回 · 战胜新冠肺炎

　　一梦无时不故乡。处处潇湘。万千峰动江山俊，问千邦、敢比花黄？龙腾飞不尽，从未凄凉。

　　昨夜听闻疾病狂。闯我华邦。一时天下人心怕，蛊惑间、确有断肠。人民齐动力，誓灭灾殃。

2020 年 2 月 4 日

殢人娇 · 黄山

一洗碧天，千里黄山佛照。万峰远、百峰更峭。白云如海，又看松枝俏。岩上雪、和风送春来报。

皖地徽州，宏村①最傲。举目看、水山相貌。更迷西递②，让人丛中笑。自古道、千年徽风谁料。

2020 年 2 月 5 日

【注释】　①宏村：黄山古村落，5A 级风景区。
　　　　　②西递：黄山古村落，5A 级风景区。

千秋岁 · 黄山一梦

黄山未变。犹若千花灿。香不尽，胭脂绽。峭峰威万里，千变云烟断。抬望远，群山秀水风云幻。

我正催豪宴。不应书生散。鼓乐响，知音演。吹笙临夜半，任醉轻声唤。人不走，只缘大业重开战。

2020 年 2 月 6 日

忆帝京 · 无题

昨夜又梦佳人影。往昔总牵冰冷。故事已如烟，久醉知清醒。但愿不相思，独坐思君岭。

叹大业、数年成病。问愁日、百载难定。阙下三军，难颁将令，让我帐内听谁胜。大志忆无期，举酒无人径。

2020 年 2 月 7 日

离亭宴 · 无题

几变风流长啸。谁知故人安好。大业从来无美妙，总有不祥将到。傲气霸三江，不让夕阳残照。

多少英雄难料。常吹进攻长号。只愿春风常来报，已忘佳人人俏。纵马斩妖魔，自是当乘红轿。

2020 年 2 月 8 日

粉蝶儿 · 宏村

　　一梦徽州，千年宏村真好。水风流、绕村难料。马头墙，交错美，倚楼还妙。小溪边、谁向水牛吹哨。

　　佳人真俏，浣溪水边远眺。等何人、晚霞将到。影长长，香又绕，夕阳残照。这乡情、怎不让人魂掉。

2020 年 2 月 10 日

惜奴娇 · 惜梅

　　一夜春风，看梅落、香无影。雨天逝、难寻风景。惨惨凄凄，又有谁、觉清冷。无应。欲回首、何堪有径？

　　真怕枝空，恨红少、枝如病。谁能懂、来年难定。忘了多情，竟让人、念红杏。细听。堤坝上、东风愈猛。

2020 年 2 月 12 日

撼庭竹 · 黄山

久住黄山二月凉。闲来著文章。江郎才尽写猖狂。不知何故总柔肠。坐看疾风走，抬首盼潇湘。

叹罢风云思故乡。长夜亦刚强。百年梦尽徽商路，笑我多情厌彷徨。横绝醉天地，牵马纵无疆。

2020 年 2 月 13 日

传言玉女 · 情人节记忆

二月春风，伴有冷梅残艳。此情此景，总叫人挂念。沿途踏寻，只羡满街花店。千年难变，江山情染。

独在江湖，过节情、任暗淡。斯人一去，独舞长缨剑。心灰意冷，常醉村边渔店。卿家何在，锦途灰黯。

2020 年 2 月 14 日

剔银灯 · 无题

无梦何曾驭笔。人走总归情逼。遥指前程，欲穷万里，相问谁争朝夕。几多悲剧。应书那、涛涛雨急。

世上谁能永吉。记忆祸多云集。堪有风流，水高无畏，怎惧三更逢敌。兵来恨极。看长剑、迎头痛击。

2020 年 2 月 15 日

下水船 · 无题

独坐思谁寂。遥想真情难匿。博弈人生，才知世间寒栗。热血溢。不怕途中劲敌。唯恐偷来叛逆。

闻长笛。忽看风吹疾。听罢鸿书完毕。纵马江湖，犹怜为谁情急。争朝夕。流水焉知是我，长梦难书一笔。

2020 年 2 月 16 日

千年调 · 返京

今夜欲归程，细雨野风急。未舍邻家倩影，忽闻鸣笛。临行一瞥，望断烟波寂。低首笑，默登车，暮色漆。

前途渺渺，长夜情难绎。大业从来致远，想罢寒栗。袖藏短剑，再举乾坤笔。横扫也，荡江湖，无劲敌。

2020 年 2 月 18 日

长生乐 · 住黄山一月余返京有感

昨夜无心看月残。魂绕伴风天。自从人去，叹是过经年。记忆黄山风景，万里云烟。千山更翠，常醉悠悠似神仙。

归京一夜，欲睡无眠。铃声更是高悬。匆记得、此地不楼兰。傲然拿起金剑，挥舞斩联篇。

2020 年 2 月 20 日

扑蝴蝶 · 春思

　　春风悄悄，年年来似梦。绵绵细雨，唯庄稼感动。柳声初告多情，竟唤百花归早，牵来众香深种。

　　又何用。故人痴想，一身情义重。九千豪迈，约谁能有空？志飞长夜无眠，崖上丈夫挥袖，聆听万家奋勇。

2020 年 2 月 21 日

解蹀躞 · 无题

京阙春风吹少，梅红穷思变。别离千里，香归不听劝。冰冻已有经年，百花带恨无常，梦多情断。

故人面。一见知乎难唤。无声侍飞燕。只缘情急，佳人去如电。忆罢多变人生，再游万水千山，待君红遍。

2020 年 2 月 22 日

碧牡丹 · 战"疫"

愁对双江①急。已然是，惊天疫。几处悲声，更有夜夜寒栗。武汉难撑，噩梦无间隙。假谣多，晚灯熄。

劲风疾。黉夜鸣长笛。亲人八方迎敌。铁剑长缨，杀敌不分朝夕。决战能赢，未让留毫滴。大中华，永完璧。

2020 年 2 月 23 日

【注释】 ①双江，武汉的长江和汉江。

于飞乐·春

　　院深深，池尚近，风动初春。百花藏、藏待温存。冷风吹，寒未别，梅走清贫。晚红又谢，飞窗上、空染浮云。

　　故交来，浓似水，犹自销魂。忆伊人、正梦红裙。住他乡，思不尽，难忘皇恩。放舟一去，万里远、不见风尘。

2020 年 2 月 24 日

风入松 · 春梅叹

初春晚冷数香残。飘落满塘湾。去年魂走香难尽，至今是、思罢无眠。忆那风流时节，让人眸动缠绵。

书生创业几多年。日夜写山川。千山万水寻知己，梦难成、我见犹怜。回首风云多变，昆仑顶上高悬。

2020 年 2 月 25 日

荔枝香 · 春

　　昨夜初来春绽，冬尚疾。大地眠尽风流，直惹春光泣。百花悄然苏醒，犹谢残灯熄。将去、看我香开泛无敌。

　　梅落尽，任飘远、如生翼。喜说去年，晨雪又加风急。春早香飞，只约佳期醉长寂。怕闻舟上玉笛。

2020 年 2 月 26 日

婆罗门引 · 春祭

　　春风无径，让人夜夜待销魂。梦来却忆红裙。常让书生落泪，坡上靠柴门。叹扶河边柳，醉卧东村。

　　指谁是君。急得我、唤三军。长剑红缨在手，冷问王孙。知音已到，算时机、万里起风云。谋后动、笑定乾坤。

2020 年 2 月 27 日

侧犯 · 春

晚风带雨，冷清又怕春风疾。谁泣。却看百花难克心急。香从地下来，理应争朝夕。灯熄。偏见燕声来伴听笛。

梅红远矣，只怪风声霁。明月黑。挂枝上，情尽叹逢敌。臆想春深，万千蝶翼。满地香涛，海天难驿。

2020 年 2 月 28 日

祝英台近 · 春

借东风，观细柳，再看云亭①雪。多少梅香，何时风中别？只留古树残枝，任游春冷，去年事、旧情已灭。

望城阙。北国只待花香，梦添俏绿叶。更缺乡愁，难见春情烈。问君何故无声，楼台独醉，佳人叹、残阳如血。

2020 年 2 月 29 日

【注释】 ①云亭：作者家中院内的亭子。

一丛花 · 春志

　　枯枝细雨湿无眠。犹自抚阑干。为谁几醉飞天去，任君行、横贯山川。并举刀枪，前途灯灭，明月照心间。

　　若成大志一时难。难似欲飞仙。韬光养晦千秋岁，一身铁、百剑高悬。决胜千山，荡平四海，坝上会婵娟。

2020 年 3 月 1 日

阳关引 · 无题

又看残阳绝。绝得红如血。朝朝暮暮，尘风里，真心切。看风光北国，满地迷人蝶。念旧时，情惹万里怕灯灭。

举酒看花急，先嫩叶。望平生事，愁多少，恨重叠。只忆风流日，慰我人生洁。剑失辉、嗟叹志老发如雪。

2020 年 3 月 12 日

御街行 · 风雨归

平生纵马图飞叶。金刚志、真如铁。江山无处不风云，难道其中情结。南征无畏，北征无惧，凭我穷追灭。

人生一梦孤灯撤。残年泪、飞如血。今朝挥舞昔年缨，当算中华豪杰。魂牵老骥，江湖悲远，峰上探初雪。

2020 年 3 月 13 日

山亭柳 · 西安

　　三月春顽。不应横飞烟。寒急去，抚阑干。仰望群山新景，万峰还有轻寒。四海纷纷暖柳，独醉长安。

　　故人游尽人生路，成功道上正缠绵。江河泪，照无眠。纵剑何须悲壮，古琴玉手轻弹。大业如今难定，笑待来年。

2020 年 3 月 14 日

红林檎近 · 深圳

　　明月照深圳，百花连夜香。山上翠声旧，塘前柳低扬。城边涓涓秀水，可惜总是他乡。问君坝下帘舱。来去有新妆。

　　不见今日苦，大业正彷徨。愧游世界，朦胧又带神伤。几曾坎坷路，风云未老，但听情尽空断肠。

2020 年 3 月 15 日

金人捧露盘 · 福州情晚

旧情亡。新情奈，忆人香。魂不去、遍地花黄。思谁无过，心中恋意照沧桑。如歌如泣，任君行、尽是愁肠。

低眉唱，吟妙曲，无人处，卧东床。思成泪、唯有悲伤。但闻唇动，玉音渺渺惹情郎。眷成知己，愿归雁、飞入西窗。

2020 年 3 月 16 日

过涧歇 · 创业

百难。有谁知、已忘多少徨徨，更见人生情短。抬望眼。万里征途跌宕，梦断谁难辨。叹尽矣，世上茫茫几千怨。

又走歧路，夜夜奔波经百战。笑谈强敌，诚心利如箭。回首江天，万径无惊，金甲披挂，只让日月虹飞遍。

2020 年 3 月 17 日

斗百花 · 上海忆旧

江上波涛闻远。亭后花香枝懒。看谁隔岸观潮，负手伊人情散。回首兴叹，芦前背影无声，又走他乡恨晚。夜夜忧丝乱。

记得初来，玉树英姿拍案。多少伟业，只待剑破如电。倩影娇怜，难知壮志豪情，今日风临江畔。

2020 年 3 月 18 日

沁园春 · 毛泽东颂

情寄韶山，初啸长沙，志起如鸿。看井冈扬矗，瑞金弹泪；长征艰险，湘水披红。遵义风流，三军重整，踏遍江山诗未穷。土窑洞，戏敌人内外，气贯长虹。

何妨国弱民穷，喜两弹一星可缚龙。凭文韬武略，誉驰天下；英风正气，义撼苍穹。举国同心，神惊鬼泣，挥袖寰球傲杰雄。千秋业，已复兴华夏，含笑花丛。

2020 年 3 月 19 日

七绝 · 无题

红颜不惹去年秋，绝地讴歌半白头。
看我雄心飞物外，银枪一动震琼楼。

2019 年 7 月 23 日

七律 · 祖国颂

泱泱华夏五千秋，几度峥嵘岁月收。

大纛高悬昭玉宇，长城永固壮金瓯。

人民共赴康庄路，祖国同兴伟业酬。

春色年年辉万里，英雄代代竞风流。

2019 年 11 月 12 日

七绝 · 无题

半梦平明人独醒，书生创业志难成。

囊中不是藏羞色，家国萦怀未了情。

2019 年 11 月 13 日

七绝 · 无题

菊香十月万枝空，小院残花谢似风。

唯有劲松青不老，霜飞时节笑梧桐。

2019 年 11 月 17 日

五绝 · 初冬

初冬遇冷风，残叶落无穷。

多少池塘事，如今已忘红。

2019 年 11 月 18 日

七绝 · 菊魂

云遮北国尽飞烟，冬至千山叶欲悬。
花落已成怀旧事，换来金菊绽无眠。

2019 年 11 月 23 日

七绝 · 无题

隆隆大地欲冰封，千里山川异样空。

落叶江天挥不住，花香南国正飞红。

2019 年 11 月 24 日

七绝 · 上海

冬来上海万枝红，黄浦滩头宴北风。

相挽菊香听夜话，旧情多少忆成空。

2019 年 11 月 26 日

七绝 · 上海之夜

夜来江水照无眠，乍冷才知十月天。
追忆故人风月事，又添愁绪一千年。

2019 年 11 月 28 日

七绝 · 夜赴惠州飞机上

夜来人醉卧云天,创业途中战未眠。
谈笑惠州情已老,归心一去欲扬鞭。

2019 年 11 月 29 日

七绝 · 去深圳飞机上

驾云已过万重山，不尽风流终不还。

横绝五湖飞大海，丈夫立志照人间。

2019 年 11 月 30 日

七绝 · 无题

坐观四海尽飞烟，矢志凌云傲九天。

尝遍人生千万苦，征途跃马正扬鞭。

2019 年 12 月 4 日

五绝 · 无题

风映昆仑起，寒来欲雪穷。

玉冰封万里，只待看梅红。

2019 年 12 月 7 日

五绝 · 冬 (其一)

院内残枝冷，风吹墙外空。
池塘飞野鹤，冷菊掉余红。

2019 年 12 月 8 日

五绝 · 冬夜

窗外飞霜冷，书生夜未眠。
细听风月事，花落是何年。

2019 年 12 月 9 日

五绝 · 冬（其二）

大地闲飞雪，群山睏已眠。

青松骄未老，峰上正飞仙。

2019 年 12 月 10 日

五绝 · 冬忆海棠

小院霜飞尽，残枝枯叶空。
海棠如梦影，犹恋去年红。

2019 年 12 月 11 日

五绝 · 冬 (其三)

人醉归途晚，花飞落叶空。

残荷无短泪，夜伴一塘风。

2019 年 12 月 12 日

五绝 · 冬 (其四)

北国飞霜早，千山落叶空。
百城无翠色，大地了残红。

2019 年 12 月 14 日

五绝 · 冬 (其五)

一夜梦无眠，风云顶上悬。

无言谋大志，月下悄扬鞭。

2019 年 12 月 15 日

五绝 · 离蚌埠

谁谱江淮曲，河边玉笛旋。

临行遥望远，幽看几帆船。

2019 年 12 月 18 日

五绝 · 冬 (其六)

瑞雪迎春到，香来梅欲红。
院深留落叶，人去几枝空。

2019 年 12 月 20 日

五绝 · 冬 （其七）

北国千山景，幽幽无一尘。
问君天上雪，是否待迎春。

2019 年 12 月 21 日

五绝 · 京城三次飞雪有感

京阙三飞雪,池边梅更红。

冰封千里远,北国冷如空。

2019 年 12 月 24 日

五绝 · 远行

相伴寒风走，雄心未染尘。
生来图伟业，何必忆归人。

2019 年 12 月 25 日

五绝 · 赴莆田祭祀汉文先生母亲

兄弟晨来早，为娘祭祀年。
焚香烧不尽，岭上顿生禅。

2019 年 12 月 26 日

七绝 · 龟山寺①

龟山寺内看花红，南国兰香各不同。

庙磬禅声容耳畔，悟来竟是一场空。

2019 年 12 月 27 日

【注释】 ①龟山寺：福建省莆田境内。

五绝 · 温州行

昨夜听风雨，难成追梦人。

此来为醉客，枕上叹归尘。

2019 年 12 月 28 日

五绝 · 冬 (其八)

落叶山坡上，梅花香断红。
残风空大志，又要刮无穷。

2019 年 12 月 30 日

五绝 · 冬梅

院内梅花盛，风吹万点红。

寒香飘不尽，喜鹊乐无穷。

2019 年 12 月 31 日

五绝 · 冬（其九）

一夜狂飞雪，依稀梦故乡。
茫茫千里远，无处不潇湘。

2020 年 1 月 1 日

五绝 · 深圳

北国三寒冷，南疆绿未黄。
院中无叶落，只忆任花香。

2020 年 1 月 2 日

五绝 · 无题

又是无声夜，书生人未眠。

经年抒大志，梦里尽扬鞭。

2020 年 1 月 3 日

五绝 · 怀远探友

高铁行千里，冬来怀远城。
相逢聊不尽，长醉话峥嵘。

2020 年 1 月 4 日

五绝 · 冬 (其十)

燕赵飞烟雨，长城旧雪凉。
西山谁执酒，宴我到愁肠。

2020 年 1 月 5 日

五绝 · 无题

狂雪遮天地，梅香绕古城。

空枝无落叶，披挂一身晶。

2020 年 1 月 7 日

五绝 · 上海

黄浦情难了，如同波上风。
心中三万梦，夜夜唱无穷。

2020 年 1 月 9 日

五绝 · 离上海

故人将别去，谁又拨清弦。
一步三回首，徘徊恨路边。

2020 年 1 月 10 日

五绝 · 忆乡

寒风罩故乡，残叶约谁黄。

未忘相思夜，蝉声落满床。

2020 年 1 月 11 日

五绝 · 无题

人走是何年，常常独自眠。

思来千万事，照我一身禅。

2020 年 1 月 16 日

五绝 · 无题

长夜最思人，年年志一身。

而今图大业，无处不逢春。

2020 年 1 月 17 日

五绝 · 无题

昨夜五更天，千杯人欲眠。

醒来多少梦，犹忆是何年。

2020 年 1 月 18 日

五绝 · 梦乡

还乡一夜春，醉里梦佳人。

多少临行话，朦胧慰早晨。

2020 年 1 月 20 日

五律 · 回乡过年

一路觅梅红，遥遥千里空。

冷风吹不尽，冰上过飞鸿。

雨润关山月，云飞情未终。

今年归早去，老少乐无穷。

2020 年 1 月 21 日

七绝 · 梅

破红二月叶先春，香逼茅庐小院贫。

欲落真情留不住，透来多少夜归人。

2020 年 1 月 30 日

七绝 · 院中梅花将谢有感

夜来院内剩余红，香入书房一半空。

偷看春风吹大地，百花急待出牢笼。

2020 年 2 月 9 日

七绝 · 梅落吟

清晨院内少余红，多少香风入土中。

相劝百花徐起舞，梅归时节正如空。

2020 年 2 月 11 日

五绝 · 无题

春雪空飞舞，梅残正落红。
亭前寒月老，半醉已朦胧。

2020 年 2 月 17 日

五绝 · 无题

窗外风吹旧，低眠梦向东。

远香思不尽，夜半忆谁红。

2020 年 2 月 19 日

七律 · 创业

少年无计悄离乡，仗剑江湖伴月光。

南北豪情多寂梦，东西困境少愁肠。

畅吟疾雨思家恨，悲啸凌云念国殇。

且看男儿藏锦绣，纵兵十万不还疆。

2020 年 3 月 2 日

七绝 · 北京晚雪

和风不让春来早，故约残梅梳晚妆。

更喜幽情思昨夜，一天瑞雪半池香。

2020 年 3 月 3 日

七绝 · 无题

一身虎胆走他乡，白马银枪闯九疆。

纵是小人持暗箭，豪情常笑月无光。

2020 年 3 月 4 日

七绝 · 无题

人生如梦度风尘，多变沧桑能几春。

无奈常思身外事，豪情总醉夜归人。

2020 年 3 月 5 日

七绝 · 无题

无眠长夜恨东风，未让园中别样红。

何日天边输紫气，晚成大业慰新翁。

2020 年 3 月 6 日

七绝 · 无题

经年不断忆乡村，愧对严慈憾子孙。

徒有凌云空大志，豪情无奈看昆仑。

2020 年 3 月 7 日

七绝 · 无题

夜来对月拉长弓，欲向天边射彩虹。
梦醒伶仃归旧怨，只留醉意叹无穷。

2020 年 3 月 8 日

七绝 · 春早

和风未暖百花僵，疑有春情偷上墙。

一夜雨飞多少憾，忆秋时节正流香。

2020 年 3 月 9 日

七绝 · 一身伤

少年何故志飞扬，纵马山川演铁枪。

不是书生无壮举，只缘拼搏一身伤。

2020 年 3 月 10 日

七绝 · 春

春风伴酒写文章，院内花眠急欲香。
二月柳扬飞不尽，池边欢闹看儿郎。

2020 年 3 月 11 日

红梅赞

如果说寒冷是你的期待，
　我更加佩服你的襟怀。
如果说冰雪是你的梦想，
我更加仰慕你能够预见未来。
当风开始预知你的绽放，
　那清冷的寒香和晨风
　　驱走昨日的尘埃。

如果说你只爱白雪，
　我不相信。
因为你奔放的时候，
总是用不一样的红

妆点北国的风采。

我更要赞美你的胸襟，
因为这是春天的预言。
它告诉我
你一直在翘盼着春色。
你说只有春风来了
才能看到百花的锦绣
闻到众香的馨甜。
看，这就是你的胸怀。

啊，红梅
那时你已将红袍褪去，
带着春梦离开
枝头留下你深情的笑。

一场大雪后

我读懂了梅花。

你是寒冷的傲骨，

你是百花的诗心。

没有你

谁来歌颂世界对冬季的爱。

没有你

谁来引领诗人的心

香飘向楼台。

责任编辑：张双子

责任校对：吴容华

装帧设计：王欢欢

图书在版编目（CIP）数据

虹雨集 / 代雨东 著 . — 北京：人民出版社，2020.6

ISBN 978 - 7 - 01 - 022174 - 8

I. ①虹⋯　Ⅱ. ①代⋯　Ⅲ. ①格律诗 – 诗集 – 中国 – 当代

　Ⅳ. ① I227.7

中国版本图书馆 CIP 数据核字（2020）第 089621 号

虹 雨 集

HONG YU JI

代雨东　著

人 民 出 版 社 出版发行

（100706　北京市东城区隆福寺街 99 号）

北京盛通印刷股份有限公司印刷　新华书店经销

2020 年 6 月第 1 版　2020 年 6 月北京第 1 次印刷

开本：880 毫米 × 1230 毫米 1/32　印张：10.375

字数：36 千字

ISBN 978 - 7 - 01 - 022174 - 8　定价：59.00 元

邮购地址 100706　北京市东城区隆福寺街 99 号

人民东方图书销售中心　电话（010）65250042　65289539